मैं जिंदा हूँ।

"एक स्त्री की पुनर्जन्म की यात्रा"

आयुष कुमार सिंह

मैं ज़िंदा हूँ

घोषणा-पत्र

यह पुस्तक एक काल्पनिक रचना है। इसमें वर्णित सभी पात्र, स्थान, घटनाएं, और संवाद लेखक की कल्पना का परिणाम हैं। यदि किसी जीवित या मृत व्यक्ति, समुदाय, संस्था, या स्थान से कोई समानता प्रतीत होती है, तो वह केवल एक संयोग मात्र है। लेखक का उद्देश्य किसी की भावना को आहत करना नहीं है।

आयुष कुमार सिंह

25/04/2025

नई दिल्ली

मैं जिंदा हूँ।

कथासार

"मैं ज़िंदा हूँ" एक ऐसी स्त्री की कहानी है जो टूटकर भी बिखरती नहीं। यह कहानी हना खान की है – एक तलाकशुदा माँ, जो समाज की बंदिशों, पितृसत्ता और आर्थिक असमानताओं के विरुद्ध खड़ी होती है। शिक्षा के माध्यम से वह अपने अस्तित्व की पुनर्खोज करती है। लक्षय नामक युवक उसका संबल बनता है, और वह न केवल बी.ए. ऑनर्स (संस्कृत) में टॉपर बनती है, बल्कि यू.पी.एस.ई. में भी सफलता प्राप्त कर एक आई.पी.एस.अधिकारी बन जाती है।

यह कथा महिला सशक्तिकरण, एकल मातृत्व, शिक्षा का महत्त्व, और दूसरा अवसर जैसे मुद्दों को छूती है। हना का जीवन संदेश देता है कि हर स्त्री में पुनर्जन्म की शक्ति होती है बशर्ते उसे विश्वास, अवसर और आत्म-सम्मान मिले।

कहानी का शीर्षक "मैं ज़िंदा हूँ" नायिका के उस आत्म-संघर्ष का प्रतीक है जिसमें वह समाज की हर बेड़ियों को तोड़ते हुए अपने अस्तित्व को फिर से गढ़ती है—नए विश्वास, नए प्रेम और नए सम्मान के साथ।

लेखक: आयुष कुमार सिंह

1: निकाह

दिल्ली की गलियों में उस दिन कुछ और ही रौनक थी। जामिया नगर, जो हमेशा चहल-पहल से भरा रहता था, आज खास तौर पर रोशन था। हना के घर के बाहर झालरें टंगी थीं, फर्श पर नर्म गलीचें बिछी थीं, और हवा में इत्र और गुलाब की महक घुली हुई थी। मोहल्ले की औरतें महंदी लगाए, झिलमिलाते कपड़ों में एक-दूसरे से ठिठोली कर मुस्कुरा रही थीं, और घर की छोटी बच्चियाँ दुल्हन को एक झलक देखने को बेताब थीं।

हना, महज 16 साल की मासूम लड़की, आज दुल्हन बनी थी। उसका चेहरा सफेद जरीदार दुपट्टे के पीछे छिपा हुआ था, लेकिन आँखों में एक डर और कौतूहल की झलक थी – जैसे वह ज़िंदगी के उस दरवाज़े पर खड़ी हो जिसे उसने कभी पूरी तरह से जाना ही नहीं।

भीतर कमरे में उसकी माँ फ़ातिमा खान उसे समझा रही थीं, "बेटी, अब तुम एक नए घर जा रही हो। हर बात को सहनशीलता से लेना। रिश्ते सब्र और खामोशी से निभाए जाते हैं।"

बगल में पिता फ़ैज़ल खान चुपचाप खड़े थे, आँखों में नमी थी, लेकिन होंठों पर मुस्कान। उन्होंने अपनी सबसे प्यारी बेटी को उस दिन पहली बार इतना संजीदा और चुपचाप देखा। उधर घर के पिछवाड़े में सफेद पर्दे के पीछे दूल्हा सैफ़ शाह, 22 वर्षीय नौजवान, अपने रिश्तेदारों के साथ बैठा था। उसके चेहरे पर गर्व और आत्मविश्वास था – जैसे उसे ज़िंदगी की हर चीज़ पर हक़ हो।

निकाह शुरू हुआ। काज़ी साहब ने दुआ पढ़ी, "निकाह एक पाक और मुक़द्दस रिश्ता है। अल्लाह की रज़ा से ये जोड़ा जाता है। कुबूल है?" मौलवी ने पूछा

"कुबूल है... कुबूल है... कुबूल है" – सैफ़ ने तीन बार कहा।

पर्दे के पीछे हना की धीमी आवाज़ आई – "कुबूल है... कुबूल है... कुबूल है"

चारों तरफ "मुबारक हो" की आवाज़ें गूंजीं। मिठाइयाँ बाँटी गईं। ढोलक की थाप और लड़कियों की हँसी ने माहौल को और रोशन कर दिया। पर हना के भीतर एक सन्नाटा था – ऐसा सन्नाटा जिसे कोई सुन नहीं सकता था। अब वो हना शाह हो गई थी।

रुखसती का समय आया। माँ ने सिर पर हाथ रखा, "दुआ दूँ कि तुम्हारा घर आबाद रहे।"

हाना ने चुपचाप घर की दहलीज़ को आखिरी बार देखा। एक आँसू उसके गाल पर ढलक पड़ा – शायद बीते बचपन की आखिरी निशानी। ससुराल – ओखला विहार – पहुँचते ही दरवाज़े पर सास मरियम शाह ने ठंडी आँखों से देखा। उनके हाथ में गुलाब जल था, पर चेहरे पर मुस्कान नहीं। "आओ , अंदर आओ" कहने में न कोई मिठास थी, न कोई अपनापन। कमरे में ले जाया गया। वहाँ एक चारपाई थी, दीवार पर कुरआन की आयतें टंगी थीं, और कोने में एक छोटा आइना।

"यह अब तुम्हारा कमरा है," किसी ने कहा।

हना ने धीमे से सिर हिलाया और बैठ गई। चुपचाप। जैसे कोई परछाईं हो। शाम को रिश्तेदारों की भीड़ छंट गई। घर फिर से सन्न हो गया।

उस रात जब सब सो गए, तो हना ने चुपके से खिड़की खोली। बाहर आसमान में आधा चाँद चमक रहा था। उसने दिल ही दिल में पूछा – "क्या यह नई ज़िंदगी वाकई मेरी अपनी है?"

उसका मन डर और उम्मीद के झूले पर झूल रहा था। वह जानती थी – निकाह तो हो गया, पर असली इम्तिहान अब शुरू होगा। तभी कमरे में सैफ दाख़िल हुए। जहाँ उसे अब अपने नए जीवनसाथी के साथ नए रिश्ते की शुरुआत करनी थी – एक रिश्ता, जो समझ और भरोसे से पनपेगा। सास मरीयम शाह ने तो दरवाज़े पर ही उसे आँखों में नाप-तौल कर देख लिया था। उनके होंठों पर मुस्कान तो थी, मगर वो रूह तक नहीं पहुँची थी। हना ने सिर झुकाकर सलाम किया था और कहा था, “सलाम वलैकुम अम्मी जान।” मरीयम ने बस “वलेकुम अस्सलाम” कहकर मुंह फेर लिया था । उनके लिए वो एक बहू नहीं, एक ‘बिना दहेज की बोझ’ थी। मगर सैफ़ बिल्कुल अलग था। कमरे में आते ही उसने हना को कुरान की एक छोटी-सी किताब भेंट की और कहा, “तुम मेरे लिए खुदा की सबसे बड़ी नेमत हो।” हना की आँखें नम हो गईं। उसके मासूम दिल ने उस दिन सैफ़ के लिए सच्चा प्यार महसूस किया।

2: सुख भरे दिन और बिखरती साँस

निकाह के बाद हना की ज़िन्दगी एक नई राह पर चल पड़ी थी। जिस लड़की ने अभी-अभी सोलह की उम्र पार की थी, वो अब एक नए घर की दहलीज़ लाँघ चुकी थी। ओखला विहार की पतली गली के आखिरी सिरे पर एक सादा-सा दो मंज़िला मकान था—जिसके भीतर अब हना की दुनिया बस चुकी थी।

दिन गुज़रते गए। सैफ़ रोज़ काम पर जाता, मगर शाम होते ही हना के लिए कुछ न कुछ लेकर आता—कभी गुलाब का फूल, कभी इमली की चटनी, कभी बस एक मुस्कान। दोनों के बीच एक सौम्य प्रेम का रिश्ता बनता चला गया। रात को छत पर लेटकर सितारों को गिनते हुए हना अक्सर कहती, "सैफ़, तुम अगर न होते तो मेरी ज़िन्दगी अधूरी रह जाती।"

पर हर ख़ुशी की परछाईं होती है। मरीयम शाह, जो पहले ही उसे पसंद नहीं करती थीं, अब धीरे-धीरे बातों में ज़हर घोलने लगी थीं। "हमारी बहुएँ तो दहेज लेकर आई थीं, काम भी जानती थीं। ये तो बस शोहर को लुभाना जानती है।" वो हर रोज़ मोहल्ले की औरतों

से यही कहतीं। फिर एक दिन, जब हाना ने मरीयम से कहा कि वो बाज़ार जाकर सब्ज़ी ले आएगी, तो जैसे तूफ़ान आ गया। मरीयम चीख पड़ीं, "बहू को सड़कों पर भेजोगे अब? हमारी इज़्ज़त मिट्टी में मिलाओगे?" सैफ़ ने बीच-बचाव किया, मगर माँ के सामने कुछ ज़्यादा कह भी न सका।

धीरे-धीरे हना की ज़िन्दगी में एक नन्हा मेहमान आने वाला था। जब हाना ने सैफ़ को ये ख़बर दी, तो उसने उसे सीने से लगा लिया। "मैं तुम्हें दुनिया की सबसे अच्छी माँ बनते देखना चाहता हूँ," उसने कहा।

नौ महीने के बाद एक प्यारी-सी बच्ची ने जन्म लिया। हना ने उसका नाम रखा—आयशा। उसकी मुस्कुराहट में जैसे खुदा की रहमत बसी हो। मगर अब घर का माहौल और भी बदल गया। मरीयम शाह और भी कठोर हो गई थीं। "हमारे खानदान में तो पहले बेटा हुआ करता था। देखो, इसे तो अल्लाह ने बेटी दी," वो हर किसी से कहतीं। हाना दिनभर बच्ची को गोद में लिए अपने आँसू पोंछती रहती।

मगर सबसे ज़्यादा तकलीफ़ तब हुई, जब उसने घर से बाहर जाना लगभग छोड़ दिया। बाज़ार जाना, पड़ोसी से बातें करना, छत पर धूप सेंकना—सब कुछ जैसे गुनाह हो गया था। हना के हर क़दम पर सवाल उठाए जाने लगे।

“कहाँ जा रही हो?”

“किससे बात कर रही थीं?”

“क्यों बाहर खड़ी थीं?”

इन सवालों में अब शक की बू थी। और वो शक कहीं और से नहीं, उसी से था जिससे हाना ने अपने सपनों की दुनिया बुननी शुरू की थी—सैफ़ से।

दोपहर की धूप कुछ ज़्यादा ही तल्ख़ थी उस दिन। हना आयशा को गोद में लिए आँगन में बैठी थी। बच्ची अब नौ महीने की हो चुकी थी और धीरे-धीरे बोलना सीख रही थी—"अम्मी," "पानी," "अब्बू" जैसे शब्द अब उसकी ज़बान पर थे। अचानक, गली के कोने से एक आवाज़ आई—"भेलपूरी ले लो! खट्टा-मीठा, मसालेदार भेलपूरी!"

हना की नज़र बरामदे से बाहर चली गई। वही भेलपूरी वाला था, जो पिछले कुछ दिनों से मोहल्ले में रोज़ आ रहा था। सफेद चेहरा, सर पर टोपी, और हल्की मुस्कान लिए वह अपनी रेडी के पास खड़ा था। हना ने आयशा को झूले में लिटाया और पल्लू सर पर रखते हुए बाहर चली गई।

हना (हँसते हुए): "भैया, आज क्या नया है भेल में?"

भेलपुरी वाला: "अरे बेटी, आज तो आपके लिए ख़ास खजूर की चटनी डाली है, मीठी जैसी आप कहती हो।"

हना: "सच में? बहुत अच्छा! दोना बना दो ज़रा। और हाँ, तीखा कम रखना।"

वो कुछ ही देर में दोना लेकर वापस आँगन में आ गई। मगर यह छोटी सी बात उसकी ज़िन्दगी का सबसे बड़ा तूफ़ान बन जाएगी—इसका उसे अंदाज़ा भी न था। घर के भीतर बैठी मरीयम शाह, पर्दे की ओट से यह सब देख रही थीं। उन्हें बहू का यूँ गली के मर्दों से बात करना ज़रा भी गवारा नहीं था। उनका दिमाग पहले से ही शक और घृणा से भरा हुआ था, और अब उन्हें एक नया बहाना

मिल चुका था। शाम को जब सैफ़ काम से लौटा, तब मरीयम ने उसे अपने कमरे में बुलाया।

मरीयम (धीमे मगर तीखे लहजे में): "बेटा, मैं तुझसे कुछ कहना चाहती हूँ। बहू का चाल-चलन ठीक नहीं लग रहा।"

सैफ़ (चौंकते हुए): "क्या मतलब अम्मी?"

मरीयम: "पिछले एक हफ्ते से वही भेलवाला रोज़ आता है। और आज मैंने अपनी आँखों से देखा कि बहू उससे हँस-हँस कर बात कर रही थी।"

सैफ़ (भौंहें सिकोड़ते हुए): "आपको पक्का यक़ीन है?"

मरीयम (दृढ़ता से): "यक़ीन नहीं, सबूत है। पर्दे के पीछे से देखा मैंने। बहू की नीयत ठीक नहीं लगती मुझे। और फिर—तूने देखा है, मोहल्ले में लोग क्या-क्या कह रहे हैं?"

सैफ़ का चेहरा तन गया। उसे मरीयम की बातों पर पूरी तरह विश्वास नहीं हुआ, मगर उसके मन में संदेह का एक बीज बो दिया गया था। रात का खाना थालियों में लग चुका था। हाना ने जैसे ही

थाली सैफ़ के सामने रखी, उसने बिना देखे ही कहा– "भेल कैसी थी?"

हना (चौंकते हुए): "क्या?"

सैफ़: "आज जो भेल खा रही थी बाहर, मर्दों से हँस-हँस कर बातें कर रही थी, कैसी लगी?"

हना (गुस्से और दर्द में): "आप ये क्या कह रहे हो ? वो तो एक भेलपुरी वाला हैं। मैंने बस भेल ली, और कुछ नहीं।"

सैफ़: "तो अब तू मुझसे भी झूठ बोलेगी?"

हना: "मैं झूठ नहीं बोलती सैफ़! और न ही मैंने कुछ ग़लत किया है। मैं हमेशा पर्दे का ख़्याल रखती हूँ।"

तभी मरीयम कमरे में आ गईं, और बिना समय गँवाए बोलीं– "बहू, औरत का असली पर्दा उसकी नीयत में होता है। और तेरी नीयत अब इस घर में सबको दिखने लगी है।"

हना (रुआँसी होकर): "आप लोग मेरी बात पर यक़ीन क्यों नहीं करते? क्या किसी मर्द से दो शब्द बोलना हराम हो गया है इस घर में?"

सैफ़ (गुस्से से): "क्योंकि ये तेरी पहली बार नहीं है! मैं रोज़ माँ की आँखों में आँसू नहीं देख सकता! तू अब इस घर की इज़्ज़त के लायक नहीं रही!"

हना (चीखते हुए): "सैफ़! तुम्हें मुझसे इतना ही शक है? मैं अपनी मासूम बच्ची के साथ कहाँ जाऊँगी?"

सैफ़ (तीखी आवाज़ में, बिना रुके): "तलाक! तलाक! तलाक!"

कमरे में सन्नाटा पसर गया। मरीयम शाह की आँखों में अजीब-सी संतुष्टि थी। हना ज़मीन पर बैठ गई, जैसे किसी ने उसकी रूह निचोड़ ली हो। आयशा जो बगल में रो रही थी, उसे उसने कसकर सीने से लगा लिया।

हना (सिसकते हुए): "तुमने एक झूठ पर, एक वहम पर मुझे हमेशा के लिए बेघर कर दिया, सैफ़"

सैफ़ ने नज़रें फेर लीं। रात के साढ़े ग्यारह बजे थे। आसमान में चाँद पूरी तरह नहीं निकला था। हना अपने कपड़े समेट रही थी। एक छोटी सी पोटली में आयशा के कपड़े, दूध की बोतल और एक कुरान की किताब रखी। मरीयम ने दरवाज़ा खोला और कहा—

"ज़्यादा देर मत लगाना, मोहल्ले वाले उठेंगे तो हमारी इज़्ज़त का जनाज़ा निकल जाएगा।"

हना ने आयशा को गोद में उठाया, एक बार दरवाज़े से पीछे मुड़ी, फिर खुद से बोली– "मैं ज़िंदा हूँ। अभी टूटी नहीं हूँ।"

वो निकल गई। बिना किसी शोर के, बिना कोई शिकायत किए। आज वो बस अपनी बच्ची को बचाने निकली थी।

3: वापसी की राह

रात की चांदनी ढलने को था। गली की दीवारों पर पसरी नीली छांव अब सूरज की किरणों द्वारा गायब होती जा रही थी। जामिया नगर की पतली गलियाँ अपने आप में कई कहानियाँ समेटे बैठी थीं—और आज उन्हीं गलियों में एक नई पीड़ा की दास्तान लौट रही थी—हना की। हाथ में कपड़ों की छोटी सी पोटली, गोद में मासूम आयशा, आँखों में सूनी थकावट और होंठों पर खामोशी का बोझ लिए हना अपने मायके के दरवाज़े पर खड़ी थी। दरवाज़ा धीरे से खुला। उसकी माँ ने जैसे ही बेटी को देखा, वो बिना कुछ पूछे, बिना एक शब्द कहे, दौड़कर उससे लिपट गई।

फ़ातिमा(आँखों में आँसू लिए): "मेरी बच्ची क्या कर दिया उन्होंने तेरे साथ?"

हना कुछ न कह सकी। बस माँ के सीने में सिर छुपा लिया, जैसे उस गले से छूटकर वो फिर टूट जाएगी। तभी उसके अब्बू, फ़ैज़ल साहब बाहर आए, जो अब तक दरवाज़े की ओट से यह दृश्य देख रहे थे। उन्होंने हाना की पीठ पर हाथ रखा और कहा– "बेटा, घर

तेरा है। जो चला गया, वो अल्लाह की मर्जी से गया। मगर जो बचा है, वो तेरी हिम्मत है।"

अगले कुछ दिन हना के लिए खामोशियों से भरे रहे। माँ उसे सुबह-सुबह गर्म दूध देती, पिता अखबार पढ़ते हुए उसके सिर पर हाथ फेरते। आयशा अब कुछ-कुछ चलने लगी थी और उसका मासूम हँसता चेहरा, उस टूटी हुई माँ के जीवन में फिर से जीवन घोलने लगा था। हर दिन की शुरुआत शांति से होती, पर रात को जब हना सिरहाने लेटती, तो बीते पल उसकी आँखों में घूम जाते। सैफ़ का क्रोध, उसकी माँ की तीखी बातें, और सबसे बढ़कर तीन शब्दों का वह कहर जो एक मुस्कराते घर को उजाड़ गया।

उधर सैफ़ के घर में एक और सन्नाटा पसरा हुआ था। पहले कुछ दिन तो उसने सुकून माना कि उसने फैसला सही लिया। मगर धीरे-धीरे हर कोना हना की याद से भरने लगा। किचन में वो हँसी याद आई जब हना बिरयानी बनाते समय ज़ीरा ज़्यादा डाल देती थी। कमरे में आयशा की किलकारियाँ याद आईं, जो अब गूंजती नहीं थीं।

सैफ़ (खुद से): "क्या वाकई हना ग़लत थी? या माँ ने मुझे बहका दिया?"

वो बार-बार उस क्षण को दोहराता, जब उसने झट से तीन तलाक़ कह दिया था। उस समय उसे लगा था वो मज़बूत फ़ैसला कर रहा है। मगर अब उसकी आत्मा ही उसे धिक्कार रही थी।

एक रात उसने माँ से सीधे सवाल किया– "अम्मी क्या आपको यक़ीन था कि हना किसी से...?"

मरीयम (थोड़ा हिचकिचाकर): "बेटा, मैंने जो देखा, वही कहा। बाक़ी अल्लाह ही जानता है।"

सैफ़ को लगा जैसे उसका दिल टूट गया हो। माँ जिसे वह आँख मूँद कर मानता था, आज सच्चाई को टाल गई। उसे एहसास हुआ कि उसने ग़ुस्से में आकर एक ऐसा फ़ैसला लिया है, जिसकी सज़ा अब पूरी ज़िंदगी भुगतनी होगी।

कुछ दिनों बाद, सैफ़ ने हिम्मत जुटाई। उसने हाना को फ़ोन किया।

सैफ़ (धीमी आवाज़ में): "हाना मैं ग़लत था। माँ ने जो कहा, मैंने उसे आँख मूँदकर मान लिया। क्या हम! क्या हम फिर से सब शुरू कर सकते हैं?"

हाना (कठोर पर शांत लहजे में): "अब बहुत देर हो चुकी है, सैफ़। तुम जानते हो ना अगर हम फिर से निकाह करना चाहें, तो हलाला ज़रूरी है।"

सैफ़ (चौंकते हुए): "क्या? हलाला?"

उसके लिए ये शब्द नया था। नया तो नहीं सुन तो कई बार था पर मतलब नहीं पता था। उसने गूगल किया, किताबें पढ़ीं, और जब उसने समझा कि हलाला का मतलब क्या है तो वह हिल गया। फिर भी, अपनी गलती को सुधारने की इच्छा लिए उसने हाना से दोबारा संपर्क किया। उसे लगा सिर्फ निकाह ही तो करना है पर सच्चाई कुछ और थी।

हना ने बहुत मना किया। वो हलाला को ज़ुल्म की परंपरा मानती थी। मगर बार-बार सैफ़ की मिन्नतों और अपने बच्ची के भविष्य को सोचकर, उसने अंततः हाँ कहालेकिन एक शर्त पर "मैं तब ही हलाला करूँगी जब निकाह सिर्फ़ नाम का होगा।"

दोनों नज़दीकी मस्जिद के मौलाना के पास पहुँचे। मौलाना साहब ने कहा– "हलाला केवल एक वैध निकाह है, और उसे पूरा करना यानी शरीरिक संबंध बनाना ज़रूरी है। वरना यह हलाला नहीं माना जाएगा।"

हाना का चेहरा पीला पड़ गया। "मगर हमने सोचा था कि"

मौलाना (गंभीरता से): "इस्लाम में हलाला का मज़ाक़ उड़ाना हराम है। या तो तुम दिल से ये रिश्ता निभाओ, या फिर छोड़ दो।"

आख़िरकार, शारीरिक संबंध बनाए बिना ये निकाह पूरा नहीं हो सकता था। और जो बात केवल एक रास्ता समझकर शुरू हुई थी, वो एक त्रासदी बन गई।

हना का निकाह आसिफ़ से करवाया गया जो कि 10वी कक्षा तक उसका सहपाठी रह चुका था।

हना ने जब अपनी आँखें खोलीं, तो उसे सब कुछ एक बुरे सपने की तरह लग रहा था। पर यह सपना नहीं था, हकीकत थी। उस रात की परछाइयाँ उसकी आँखों में अब भी तैर रही थीं। वह आसिफ़ के घर के उस छोटे से कमरे में बैठी थी, जहाँ हलाला की वह रात बीती थी।

उसका मन रो रहा था, आत्मा चिल्ला रही थी—"मैंने ऐसा क्यों किया? क्यों मैंने अपने ही शरीर को, अपनी ही आत्मा को किसी और की मर्ज़ी से सौंप दिया?"

अगले दिन मौलाना साहब ने तलाक़ करवाया। लेकिन जब सैफ़ फिर से हना के पास गया, तो उसने उसका चेहरा नहीं देखा।

सैफ़ (धीमी आवाज़ में):"अब तो हम फिर से"

मौलाना (कंधा थपथपाते हुए): "बेटा, तू उस औरत को अब अपना कैसे मानेगा, जिसे तूने खुद दूसरों के पास भेजा?"

सैफ़ को लगा जैसे ज़मीन उसके पैरों के नीचे से खिसक गई हो। उसे पहली बार अहसास हुआ कि जो शर्तें उसने खुद रखीं थीं, वो किसी को कैसे तोड़ सकती हैं। जिस कारण से उसने उसे तलाक दिया था वो अब उसके निकाह का कारण कैसे बन सकता था। उसने हना की और घिरना की दृष्टि से देखा और वहां से निकल गया । हना ने आवाज देने प्रयास किया पर उसने उसे अनसुना कर दिया और बिना पीछे देखे चला गया।

अब हना इस सब से टूट चुकी थी, पर झुकी नहीं थी। वो जानती थी कि समाज उसे तरह-तरह से देखेगा, पर अब वो सिर्फ़ एक माँ

थी—जो अपनी बच्ची के लिए जिएगी।वहीं सैफ़ अब एक ऐसा इंसान था जो अपने ही फ़ैसलों की राख में जी रहा था।

जामिया नगर की तंग गलियों से होकर गुज़रती हना, अपने ही घर के दरवाज़े पर खड़ी थी। एक अजीब-सी झिझक थी उसके कदमों में—जैसे यह वही घर न हो जहाँ कभी वह बेफिक्र होकर दौड़ती थी, हँसती थी, माँ की गोद में छुप जाती थी। दरवाज़ा खुला। अम्मी सामने खड़ी थीं, आँखों में सवाल और होंठों पर शिकायतें। "क्या मुंह दिखाएंगे अब मोहल्ले वालों को?" उन्होंने बिना पूछे ही पीठ घुमा ली।

अब्बू ने सिर्फ एक बार नज़र उठाकर देखा, और फिर अखबार में आँखें गड़ा लीं। हना ने कुछ नहीं कहा। वो चुपचाप उस घर में दाखिल हो गई जो अब घर जैसा नहीं रहा था। उसी पुराने कमरे में उसे एक कोना दे दिया गया था। एक गद्दा, एक चादर, और एक तकिया। बेटी आयेशा उसके पास बैठी थी, पर उसकी आँखों में डर और अनजानी जगह का अजनबीपन था।

रात को खाना खाते वक्त अम्मी ने कहा, "हमने अच्छे खानदान में तुम्हारा निकाह कराया था। हमारी तो नाक कटवा दी तुमने।

कोई ग़लती तो की ही होगी, जो तलाक हुआ। और हलाला के बाद भी नहीं अपनाया"

हना ने न निगाह उठाई, न जवाब दिया। रोटियां खाने का मन नहीं हुआ, पर बेटी की भूख के सामने सब बेमानी लग रहा था। कुछ दिन बीते। हर सुबह अम्मी की बड़बड़ाहट शुरू हो जाती। "तुम कब तक यहाँ बैठी रहोगी? कोई काम-धंधा ढूंढो। यह होटल नहीं है।"

अब्बू तो अब उससे नजरें चुराने लगे थे। गली की औरतें हँसती हुई निकलती थीं—कभी ताने, कभी तरस। एक दिन पड़ोसन ने कह दिया, "बेटी लेकर वापस आ गई? अब कौन करेगा निकाह इससे?"

वो शब्द सीधे दिल में चुभे। हना खुद से सवाल करती क्या मेरी गलती थी? एक दिन दोपहर में हना बालकनी में बैठी थी, आयेशा को दूध पिलाते हुए। माँ ने आकर कहा, "रिश्तेदारों के फोन आने लगे हैं। सब यही पूछते हैं कि तलाक क्यों हुआ? हमने तो सुन रखा है कि तू किसी और से बात करती थी। शायद वही वजह बनी होगी।"

हना सन्न रह गई। शक औरत के किरदार पर सबसे पहले किया जाता है। न सैफ पर सवाल, न उसकी माँ के ज़हर भरे शब्दों पर। सारा दोष उसी पर। उस रात वह बहुत रोई। बेटी उसकी छाती से लिपटी रही। हना को अपने आँसुओं से ज़्यादा अपनी बच्ची की खामोशी डराती थी। आयेशा अब चुपचाप रहने लगी थी ना मुस्कान, ना नखरे। "तू खुश नहीं है ना?" उसने पूछा।

आयेशा कुछ नहीं बोली, बस उसकी उँगली थाम ली। वो स्पर्श सब कह गया।

अगले दिन हना ने माँ से पूछा, "क्या मैं यहाँ नौकरी ढूँढ सकती हूँ?"

अम्मी ने ताने में कहा, "तो अब मर्दों के बीच काम करोगी? और बातें बनवाओगी हमारी?"

अब्बू बोले, "बेटी, तुमने हमारी बहुत बदनामी करा दी है अब हम और सहन नहीं कर सकते।"

उसने महसूस किया कि यह घर अब शरण नहीं, बोझ बन चुका था। वो आधी रात तक जागती रही। बेटी उसके पास सो रही थी, मासूम चेहरा न कुछ समझता, न बोलता।

"तेरे लिए ही तो जिंदा हूँ, आयेशा" हना ने खुद से कहा।

सुबह की पहली अज़ान के साथ उसने बैग तैयार किया। दो जोड़ी कपड़े, कुछ पैसे, आयेशा का दूध, एक तस्वीर शादी से पहले की और कुरान की वो किताब।

माँ रसोई में थीं। हना ने झुककर उनके पाँव छुए। "मैं जा रही हूँ, अम्मी।"

अम्मी ने नज़र उठाई, पर कुछ नहीं बोलीं। अब्बू वहीं बैठे थे, अजान सुनते हुए। उन्होंने भी कोई शब्द नहीं कहा, पर आँखों में पानी छलक आया। शायद वो कहना चाहते थे बहुत कुछ पर ज़ुबान बंद रही। हना ने आयेशा को गोद में लिया और दरवाज़े की ओर बढ़ी। बाहर की दुनिया बहुत बड़ी थी। डरावनी भी। पर अब उसे किसी चीज़ से डर नहीं लगता था।

बस स्टॉप पर खड़ी होकर उसने एक ऑटो लिया। "कहाँ चलना है, बहन जी?" ड्राइवर ने पूछा।

हना ने आँखें बंद कीं और धीरे से कहा, "मुखर्जी नगर।"

मैं ज़िंदा हूँ

उसकी आँखों में आँसू थे, पर होंठों पर पहली बार हल्की सी मुस्कान थी।

4: नई सुबह, नई तलाश

सुबह के दस बज चुके थे। सूरज की किरणें धीरे-धीरे दिल्ली के मुखर्जी नगर की गलियों को छूती हुई इमारतों की खिड़कियों से भीतर प्रवेश कर रही थीं। उन्हीं गलियों में से एक गली में एक औरत अपने कंधे पर कपड़े का थैला लटकाए, गोद में छोटी बच्ची को सँभाले खड़ी थी—वही हना, जो जीवन के असंख्य आघात सहकर अब एक नयी दिशा में कदम बढ़ा रही थी।

रिक्शा वाले ने पीछे मुड़ते हुए पूछा, "बहन जी, यहीं उतरना है न? उड़ान कोचिंग वाली गली?"

हना ने धीरे से सिर हिलाया और उत्तर दिया, "हाँ, यहीं।"

वह कुछ समय तक वहीं खड़ी रही, मानो अपने अंतर्मन को समझा रही हो कि अब उसे बीते कल की ओर नहीं देखना है। फिर उसने धीरे-धीरे सीढ़ियाँ चढ़नी आरंभ किया हर एक सीढ़ी उसके भीतर के संकोच को पीछे छोड़ रही थी।

तीसरी मंज़िल पर पहुँचते ही उसने एक दरवाज़ा देखा, जिस पर नाम लिखा था– "इमरान ख़ान – कमरा संख्या 301" दरवाज़ा खटखटाने से पहले उसके हाथ कुछ क्षण काँपे। मन में संशय था– क्या वह उसे पहचानेगा? क्या उसकी उपस्थिति उसे भार लगेगी? किन्तु फिर आयेशा ने माँ के कंधे पर सिर रखा, और उसी समय हना ने साहस बटोरकर दरवाज़ा खटखटाया।

कुछ समय बाद एक दुबला-पतला युवक द्वार पर आया—लगभग पच्चीस वर्ष की आयु का, साधारण वेशभूषा, पर आँखों में सरलता झलकती थी। “आप फातिमा मामी की बेटी हैं?” उसने आश्चर्य से पूछा।

हना ने थकी मुस्कान के साथ उत्तर दिया, “हाँ मैं ही हूँ।”

“अरे आइए! अंदर आइए, बैठिए।” इमरान ने उत्साहपूर्वक दरवाज़ा खोला और उसके हाथ से थैला ले लिया।

कमरा साधारण था—एक कोने में चटाई, दो गद्दे, दीवार के सहारे लकड़ी की अलमारी और एक टेबल जिस पर ढेर सारी पुस्तकें रखी थीं। दीवार पर हिंदी में कुछ प्रेरणादायक पंक्तियाँ चिपकी हुई थीं,

जैसे–"परिश्रम ही सफलता की कुंजी है।", "असफलता अंत नहीं है, यह तो एक नई शुरुआत का संकेत है।"

“आप कैसी हैं? और ये नन्ही गुड़िया आयेशा है ना?” इमरान ने स्नेहपूर्वक पूछा।

हना ने सिर हिलाया और आयेशा को अपनी गोद में समेट लिया। उसकी आँखों में थकावट साफ झलक रही थी, पर अब उनमें थोड़ी शांति भी थी।

“मैं कुछ समय के लिए यहाँ रह सकती हूँ क्या?” उसने संकोच से पूछा।

इमरान ने बिना किसी हिचक के कहा, “जब तक चाहें, रहिए। यह घर आपका ही है। अम्मी तो अब गाँव में ही रहती हैं, मैं अकेला हूँ। दिन में पढ़ाने जाता हूँ, शाम को यहीं रहता हूँ।”

हना की आँखें नम हो गईं, पर उसने आँसुओं को भीतर ही रोक लिया। “मैं यहाँ जादा समय नहीं रहूँगी,” उसने स्पष्ट किया, “बस जब तक कोई काम नहीं मिल जाता, तब तक का सहारा चाहिए।”

“बिल्कुल जब तक चाहें रुकिए। मैं तो इसी मोहल्ले में कुछ लोगों को जानता हूँ। काम के लिए भी कुछ पूछताछ कर दूँगा।”

हना ने आभार भरी दृष्टि से उसकी ओर देखा। कुछ देर की शांति के बाद इमरान ने कहा, “आप चाहें तो आराम कर लीजिए। मैं अभी चाय बना देता हूँ।”

हना कमरे के कोने में रखे गद्दे पर बैठ गई। खिड़की खुली थी, बाहर एक पीपल का पेड़ था जिसकी डालियों पर चिड़ियाँ चहचहा रही थीं। उसके चेहरे पर धूप की हल्की रेखाएँ पड़ रही थीं। उसने आयेशा को गले से लगाया और मन ही मन कहा– "न कोई आलीशान महल चाहिए, न अटारी बस थोड़ी सी शांति और एक सुरक्षित छत ही काफ़ी है इस माँ और बेटी के लिए।”

तभी इमरान चाय लेकर आया और दोनों ने साथ मैं चाय पी उसके मन में था कि वो पूछे उसके हालातों के बारे में की उसे यहां क्यों आना पड़ा पर उसे ये ठीक समय नहीं लगा और फिर तकरीबन 12 बजे इमरान पढ़ाने निकल गया।

शाम ढलने लगी थी। हना ने दिनभर कुछ ज़्यादा नहीं किया– थोड़ी नींद ली, और फिर खिड़की से बाहर का मंजर देखती रही।

दिल भारी था, पर चेहरा सधा हुआ।करीब साढ़े सात बजे इमरान दरवाज़ा खोलकर कमरे में दाख़िल हुआ। उसके हाथ में एक थैला था—रात के खाने के लिए चार पराठे और दाल की दो छोटी कटोरिया।

"थक गया आज, लेकिन तुम्हारे लिए एक ख़बर है," इमरान ने थैला टेबल पर रखते हुए कहा।

हना ने सर उठाकर देखा। उसकी आँखों में उम्मीद की हल्की सी चमक उभरी।

"एक लड़का है हर्षित नाम है उसका। मेरा स्टूडेंट है, लेकिन बहुत समझदार और शरीफ़ है। उसका घर पास ही है और वहीं एक लाइब्रेरी भी है। किताबें जमा करने का शौक़ है उसे। वही लाइब्रेरी अब मोहल्ले वालों के लिए खोल दी गई है।" इमरान कुछ पल रुका, फिर आगे बोला, "उसे किसी भरोसेमंद लड़की की तलाश थी जो वहाँ सफ़ाई, किताबों की तरतीब, और देख-रेख का काम कर सके। मैंने तुम्हारा ज़िक्र किया, वो मान गया।"

हना ने आँखें फैला कर पूछा, “काम वक़्त का है या पूरे दिन का?”

"सुबह के दस से शाम के आठ तक। और हाँ, तुम्हारे लिए वहीं ऊपर वाले मंज़िल पर एक कमरा भी मिलेगा—साफ़-सुथरा, अकेला, लेकिन काफ़ी ठीक-ठाक।और तनख्वाह भी दस हजार तक मील जाएगी"

हना चुप रही फिर धीमे से मुस्कुराई, "काम मिलेगा तो खुद को ज़िंदा महसूस करूँगी। बता देना उन्हें, मैं कल ही आ जाऊँगी।"

इमरान ने राहत की साँस ली और कहा, "अल्लाह ने चाहा तो सब बेहतर होगा। ये वक्त भी गुज़र जाएगा।"

कमरे में खामोशी छा गई, लेकिन इस बार वो बोझिल नहीं थी। जैसे किसी थके हुए मुसाफ़िर को कहीं रुकने की जगह मिल गई हो।

5: नई किताबें, नए लोग

सहर का वक़्त था। सूरज की नर्म किरणें दिल्ली के आसमान से ज़मीन पर उतरने लगी थीं। पुरानी दिल्ली के गलियों से दूर, मुखर्जी नगर की एक तंग पर रौशन गली में, हना इमरान के साथ धीरे-धीरे क़दम बढ़ा रही थी। इमरान उसका सामान उठाए हुए आगे चल रहा था, और हना अपने बाएँ हाथ में बेटी को सँभाले हुए पीछे-पीछे चल रही थी। "बस थोड़ी ही दूर है, बहन," इमरान ने मुस्कुराकर कहा, "उसी कोने पर है अशोक तिवारी की लाइब्रेरी बहुत नेक इंसान हैं।"

हना ने सिर हिलाया, पर आँखें झुकी रहीं। उसके चेहरे पर बेआवाज़ मायूसी थी, पर क़दमों में मजबूरी की रफ़्तार थी। बच्ची उसकी गोद में सो रही थी, शायद भूख से या सफ़र की थकान से। गली के आख़िरी मोड़ पर पहुंचते ही इमरान एक लोहे के गेट के सामने रुका। दीवारों पर पुरानी किताबों के इश्तिहार लगे थे, कुछ पन्ने उड़े हुए थे, कुछ धूल में लिपटे। ऊपर एक बोर्ड टंगा था: "ज्ञान दीप पुस्तकालय – संचालक: श्री अशोक तिवारी"

इमरान ने धीरे से गेट खोला और हना को इशारे से अंदर चलने को कहा। भीतर कदम रखते ही एक पुरानी, लेकिन साफ़-सुथरी जगह दिखाई दी – दोनों ओर लकड़ी की आलमारियों में किताबें सजी थीं, बीच में कुछ मेज़ें थीं और एक कोने में चाय की केतली से भाप उठ रही थी।

"ओ मास्टर साहब!" इमरान ने आवाज़ दी।

एक अधेड़ उम्र का आदमी, सफ़ेद कुर्ता-पायजामा पहने, आँखों पर चश्मा और माथे पर शांति की रेखा लिए हुए, कुर्सी से उठते हैं ये थे अशोक तिवारी। "अरे इमरान! गुड मॉर्निंग, मास्टर साहब," उन्होंने हँसते हुए कहा।

"गुड मॉर्निंग, तिवारी साहब! देखिए, आज एक ज़रूरी बात से आया हूँ," इमरान बोला।

अशोक तिवारी ने हना को देखा, फिर उसकी गोद में सोई बच्ची पर नज़र गई। कुछ देर को चुप्पी छा गई।

"ये हना है मेरी दूर की रिश्तेदार। अभी कुछ परेशानियों से गुज़र रही है। बहुत शरीफ़ और कामकाजी लड़की है। मैंने सोचा, आपकी किताबों वाली दुनिया में शायद इसे कुछ काम मिल सके।"

अशोक तिवारी ने बिना सवाल किए गहरी नज़र से हना की तरफ़ देखा, फिर बच्ची को। "बेटी बैठो", उन्होंने एक कुर्सी की तरफ इशारा किया। "नाम क्या बताया?"

"हना," उसने धीरे से कहा।

"और ये बच्ची?"

"आयेशा" हना ने जवाब दिया और बच्ची की पीठ थपथपाई।

अशोक तिवारी ने इमरान की तरफ़ देखा, फिर हल्के से सिर हिलाया, "देखो भाई, यहाँ पढ़ने-पढ़ाने का काम है। शांति और भरोसे की जगह है। अगर काम करने की सच्ची नीयत हो, तो मैं किसी को मना नहीं करता। लेकिन बच्ची साथ में रहेगी?"

"जी," इमरान बोला, "दिन भर यहीं रहेगी। कुछ दिक्कत नहीं होगी, मैं गारंटी देता हूँ।"

अशोक तिवारी कुछ सोच में डूबे, फिर बोले, "ठीक है। काम तो है – किताबों की सफ़ाई, शेल्फ सजाना, रजिस्टर भरना और ज़रूरत पड़े तो बच्चों की मदद भी। पर एक बात समझ लो – यहाँ की हवा में ईमानदारी होनी चाहिए।"

"मैं पूरी कोशिश करूंगी," हना ने विनम्र स्वर में कहा।

तिवारी जी ने मुस्कुराकर सिर हिलाया। "ठीक है। तो आज से ही शुरू कर लो। ऊपर एक कमरा ख़ाली है – छोटा सा है, पर तुम्हारे ठहरने के लिए ठीक है। सामान वहाँ रख दो।"

इमरान ने राहत की साँस ली, "शुक्रिया, मास्टर साहब। बड़ा एहसान हुआ।"

अशोक तिवारी ने जवाब में सिर्फ़ मुस्कराकर सिर झुकाया, फिर कुर्सी की तरफ़ मुड़ गए।

सामान एक पुरानी लकड़ी की सीढ़ियों से ऊपर उठाया गया। सीढ़ियों पर धूल की हल्की परत थी, लेकिन उस पर भी एक सुकून भरा सन्नाटा फैला था। हना ने अपनी बच्ची को सँभाले हुए एक-एक क़दम ऊपर रखा, इमरान पीछे से गठरी और एक थैला उठाए चढ़ रहा था। छत के पास पहुंचते ही एक छोटा-सा दरवाज़ा मिला। अशोक तिवारी की चाबी से ताला खुला। दरवाज़ा चरमराया, और एक हल्की सी धूलभरी खुशबू कमरे से बाहर आई। कमरा छोटा थाएक चारपाई, एक पुराना आलमारीनुमा रैक, और एक टूटी-सी

मेज़। खिड़की से सामने वाले पेड़ की टहनियाँ झाँक रही थीं। पर कमरे में तन्हाई की जगह अब उम्मीद का डेरा डालने वाला था।

"ये रहा तुम्हारा नया ठिकाना," इमरान ने मुस्कुराकर कहा, "कुछ साफ़-सफ़ाई करनी होगी, लेकिन ऊपर हवा अच्छी आती है। बच्ची भी आराम से रह सकेगी।"

हना ने कमरे को देखा, फिर चुपचाप सिर हिलाया। आयेशा अब उसकी गोद से उठकर उसके कंधे पर सर टिका चुकी थी।

"अब मैं चलता हूँ," इमरान ने कहा, "नीचे अगर कुछ भी ज़रूरत हो, तो लाइब्रेरी में तिवारी साहब से या लक्षय से कह देना।"

"लक्षय?" हना ने पहली बार कोई सवाल किया।

"हाँ, वहीं लड़का जो तुम्हारे साथ काम करेगा," इमरान ने कहा। "यहीं बगल वाले कमरे में रहता है। किताबों का दीवाना है, पर दिल का अच्छा है। बहुत मदद करेगा तुम्हारी।"

हना ने फिर एक बार हल्के से सिर हिलाया। इमरान चला गया। उसके जाने के बाद कमरे में ख़ामोशी लौट आई। हना ने आयेशा को चारपाई पर लिटाया, फिर रैक के पास जाकर धीरे-धीरे

किताबों की तरह अपनी चीज़ें जमाने लगी। हर एक कपड़ा, हर एक चीज़ उसके बीते कल की एक कहानी कह रही थी। तभी दरवाज़े पर दस्तक हुई।

"मैं अंदर आ सकता हूँ?" एक नरम आवाज़ आई।

हना ने दरवाज़े की तरफ़ देखा। वहाँ एक नौजवान खड़ा था, साधारण-सी शर्ट में। आँखों में किताबों जैसी गहराई और चेहरे पर संकोच की लकीरें थीं।

"मैं लक्षय हूँ।" उसने धीरे से कहा, "आप हना हैं ना? तिवारी सर ने बताया था।"

हना ने चुपचाप सिर हिलाया।

"अगर कुछ मदद चाहिए हो, तो बेहिचक कहिएगा। मैं यहीं बगल वाले कमरे में रहता हूँ। लाइब्रेरी का आधा काम मैं ही देखता हूँ अब से हम साथ मिलकर करेंगे।"

हना ने एक हल्की सी मुस्कान दी—शायद बहुत वक़्त बाद। "ठीक है," उसने बस इतना ही कहा।

लक्षय ने दरवाज़े पर से हाथ जोड़कर नमस्कार किया और नीचे चला गया। कमरे में फिर वही ख़ामोशी लौट आई लेकिन अब वह पहले जैसी भारी नहीं थी। अब उसमें एक नयी शुरुआत की आहट थी, और कहीं दूर से उम्मीद की धीमी आवाज़ें आने लगी थीं।

दोपहर की धूप अब कुछ ढलने लगी थी। लाइब्रेरी की खिड़की से छनकर आती रौशनी किताबों की कतारों पर सुनहरी चादर बिछा रही थी। अशोक तिवारी की यह पुरानी लाइब्रेरी दिल्ली की चहल-पहल से अलग एक शांत कोना थी। यहाँ केवल किताबें बोलती थीं और वक़्त ठहर सा जाता था। हना ने पहली बार लाइब्रेरी में कदम रखा। लकड़ी की अलमारियों में सजी किताबें, पुरानी मेज़ें और एक कोने में चाय के प्यालों की महक—सब कुछ उसे नया, मगर सुकून भरा लग रहा था।

लक्षय पहले से मौजूद था, किताबों की एक नई खेप को छाँट रहा था। “आ गईं आप?” उसने मुस्कुरा कर कहा।

हना ने चुपचाप सिर हिलाया। फिर उसने अपने दुपट्टे को सँभालते हुए पूछा, “कहाँ से शुरू करूँ?”

लक्षय ने उसे लाइब्रेरी के पिछली ओर ले जाकर बताया, “यहाँ से शुरू कीजिए। ये नई किताबें हैं, इन्हें केटेगरी के हिसाब से जमा देना है। उपन्यास अलग, इतिहास अलग, और धार्मिक शास्त्र अलग।”

हना ने किताबों को छूकर देखा। बहुत दिनों बाद वह किसी ऐसी जगह थी, जहाँ कोई उसे जाँचती निगाहों से नहीं देख रहा था। यह अजनबी युवक भी बिना कोई सवाल पूछे, बस उसके काम को समझा रहा था। हना ने मन ही मन राहत की सांस ली। काम के बीच बीच में दोनों के बीच कुछ हल्की-फुल्की बातें होती रहीं।

"आप कहाँ से हैं?" लक्षय ने झिझकते हुए पूछा।

"जामिया नगर," हना ने छोटा-सा जवाब दिया।

"अच्छा" उसने कहा।

"और आप" हना ने पूछा।

लक्षय ने हल्की निराशा के साथ कहा "मैं तो बेघर हूं, अशोक सर ने ही मूछें पाला है।"

बातचीत सीमित रही, लेकिन उनमें एक अनकही समझ बनती जा रही थी दो लोग, जो अतीत के घाव लिए हुए थे, अब एक नई शुरुआत की चुपचाप तलाश में थे।

लक्षय ने बीच में पूछा, “बच्ची कहाँ है आपकी?”

"ऊपर सो रही है," हना ने धीरे से कहा।

“अगर कभी ज़रूरत हो, तो मैं पास ही हूँ,” वह बोला, और फिर फौरन अपनी निगाहें किताबों में गड़ा लीं।

साँझ होते होते किताबों की धूल भी कुछ कम हो गई थी और दोनों के बीच की झिझक भी। अब वह केवल एक सहकर्मी नहीं थी, बल्कि एक इंसान थी जिसकी आँखों में थकावट के साथ-साथ हिम्मत भी थी।

लाइब्रेरी के दरवाज़े के बाहर अशोक तिवारी खड़े थे। उन्होंने देखा दो अजनबी, जो अब किताबों के ज़रिए धीरे-धीरे एक-दूसरे को पढ़ना सीख रहे थे।

6: मन की तहों तक

सवेरे की हल्की सुनहरी धूप पुस्तकालय की खिड़की से छनकर अन्दर आ रही थी। हवा में किताबों की खुशबू थी और माहौल एक अजीब सी सुकून भरी ख़ामोशी में डूबा हुआ था। अब हना के लिए ये जगह अजनबी नहीं रही थी। किताबों की अलमारियाँ, कोनों में पढ़ते हुए बच्चे, और लाइब्रेरी में गूंजती धीमी आवाजें सब कुछ अब उसके लिए जाना-पहचाना था।

लक्षय हमेशा की तरह पहले ही आ चुका था। वह मेज़ पर जमी धूल पोंछ रहा था और किताबें क्रम से सजा रहा था। हना ने जब अंदर कदम रखा तो उसने मुस्कुराकर सिर हिलाया।

“गुड मॉर्निंग, हना,” उसने हल्की आवाज़ में कहा।

“गुड मॉर्निंग, लक्षय जी ,” हना ने भी मुस्कराकर जवाब दिया।

अब वे एक-दूसरे के साथ इतने सहज हो चुके थे कि कई बार बिना कुछ कहे ही समझ जाते थे कि सामने वाला क्या कहना चाहता है। हना अब अच्छी तरह जान चुकी थी कि कौन सी किताब कहां

रखनी है, किस अलमारी की कौन सी शेल्फ किस विषय की किताबों के लिए है। वह पाठकों से भी अब खुलकर बात करने लगी थी।

एक दिन, जब हना किताबें सजा रही थी, एक लड़की जो हर रोज़ लाइब्रेरी में आकर एक ही कोने में बैठती थी, उसके पास आई।

“आपका नाम हना है न?” लड़की ने पूछा।

“जी, आप को कैसे पता?” हना ने चौंक कर देखा।

“आपका ज़िक्र लक्षय भैया ने किया था। अच्छा लगा आपसे मिलकर,” उसने मुस्कुरा कर कहा और अपनी किताबों की ओर लौट गई।

ऐसे ही छोटे-छोटे संवाद हना को इस जगह से और क़रीब ला रहे थे। अब वो सिर्फ एक कामगार नहीं रही थी—वो इस किताबों की दुनिया का हिस्सा बन चुकी थी।

लक्षय ने एक दिन मज़ाक में कहा, “लगता है लक्षय को अब किताबों से मोहब्बत हो गई है तुम्हे।”

हना ने हँसते हुए कहा, “किताबें तो अच्छी लगती हैं, पर उन्हें पढ़ना बहुत मुश्किल लगता है। अल्फ़ाज़ भारी लगते हैं।”

लक्षय ने मुस्कुराते हुए एक किताब उसकी तरफ बढ़ाई–“छोटे अल्फ़ाज़ों वाली कहानियाँ हैं इसमें। शुरू तो करो।”

हना ने झिझकते हुए किताब ले ली, और दिल ही दिल में सोचा, शायद ये सफ़र यहीं से शुरू हो।

यूंही दिन बीतने लगे और लाइब्रेरी की शामें कुछ और ही होती थीं – हल्की गुनगुनी रोशनी, किताबों के पन्नों की सरसराहट और बीच-बीच में आने-जाने वालों की धीमी आवाज़ें। उस दिन काम कुछ जल्दी निपट गया था। हना एक कोने में बैठी थी, हाथ में वही किताब लिए जिसे लक्षय ने दिया था – पर उसके पन्ने अब तक खुले नहीं थे।

लक्षय एक चाय के कप के साथ आया और पास की कुर्सी पर बैठ गया। "पढ़ना शुरू किया?" उसने मुस्कराकर पूछा।

हना ने किताब की तरफ देखा, फिर नज़रें चुरा लीं – "नहीं अल्फ़ाज़ बहुत भारी लगते हैं। समझ में नहीं आते।"

लक्षय ने एक गहरी साँस ली और उसकी ओर ध्यान से देखा।

"तुम स्कूल गई थी न? कितना पढ़ा था?"

हना थोड़ी देर चुप रही। फिर धीरे से बोली – "दसवीं तक पढ़ा था फिर रुक गई निकाह हो गया था।"

लक्षय ने चाय की चुस्की ली, फिर बोला – "तुम्हें पता है हना, जिस तरीक़े से तुम सब कुछ समेटती हो, हर चीज़ की जगह याद रखती हो मैं तो कहता हूँ तुम एक अच्छी लाइब्रेरियन बन सकती हो।"

हना ने थोड़ी हँसी में कहा – "बस रखती हूँ पढ़ा तो कुछ समझ नहीं आता।"

"वक़्त लगेगा," लक्षय ने कहा। "पर अगर तुम चाहो तो मैं मदद कर सकता हूँ। रात को जब लाइब्रेरी बंद हो जाए, हम दोनों मिलकर थोड़ा-थोड़ा पढ़ेंगे।"

हना चौंकी। "मैं क्या करूँगी पढ़के?"

लक्षय थोड़ा झुका उसकी ओर – "तुम्हारा एक अपना नाम होगा, अपनी सोच होगी, अपने फ़ैसले होंगे। तुम किसी पे मोहताज नहीं रहोगी, हना।"

उसके अल्फ़ाज़ जैसे दिल पर दस्तक दे रहे थे।

"पढ़ना कोई सिर्फ़ किताबों का काम नहीं होता पढ़ना अपने आप को समझने का तरीक़ा होता है," लक्षय ने कहा।

हना की आँखें भीगने लगीं। कुछ देर चुप रही। फिर धीरे से बोली – "ठीक है सिखाओगे तो मैं पढ़ूँगी।"

लक्षय ने मुस्कुरा कर सिर हिलाया – "शुरुआत छोटी होगी लेकिन मंज़िल बड़ी होगी।"

उस रात पहली बार हना ने किताब के पहले पन्ने को सच में खोला – नज़रें सिर्फ़ हरफ़ों पर नहीं थीं, वो अब खुद को तलाश रही थी उन लफ़्ज़ों के दरमियान।

7: नई पहचान

लाइब्रेरी की अलमारियों के बीच खामोशी पसरी हुई थी, केवल पंखे की धीमी आवाज़ और बाहर से आती गाड़ियों की आहटें उस सन्नाटे को हल्का कर रही थीं। हना एक मेज़ पर बैठी थी, किताबों को करीने से जमा रही थी। वहीं पास में लक्षय एक कॉपी में कुछ लिख रहा था।

"हना," उसने अचानक कहा, "कभी सोचा है अगर तुम अपनी स्कोलिन पूरी कर लो और तुम्हारे पास अगर एक प्रमाण पत्र हो तो कितना अच्छा होता"

हना ने चौंक कर उसकी तरफ देखा। "मतलब?"

लक्षय मुस्कराया। "मतलब ये कि तुम अभी भी पढ़ सकती हो। एन.आई.ओ.एस से बाहरवीं पास कर सकती हो। कोई उम्र नहीं होती पढ़ने की।"

हना ने हौले से सिर झुकाया। "पर अब कैसे? दिमाग वैसे नहीं चलता और किताबें सब कुछ भूल-सी गई हूँ।"

"तो क्या हुआ?" लक्षय ने उसकी ओर कॉपी बढ़ाई जिसमें हिंदी की एक कविता लिखी थी। "यहीं से शुरू करेंगे। मैं हूँ ना। हर दिन थोड़ा-थोड़ा पढ़ेंगे, और धीरे-धीरे तुम तैयार हो जाओगी।"

हना के होठों पर संकोच से भरी मुस्कान आ गई। "इतना आसान होता तो पहले ही पढ़ लेती"

"आसान नहीं है, पर नामुमकिन भी नहीं है," लक्षय ने गंभीर स्वर में कहा। "बस एक बार ठान लो। मैं साथ हूँ।"

वहीं से शुरुआत हुई। रोज़ लाइब्रेरी बंद होने के बाद लक्षय उसे पढ़ाता – हिंदी साहित्य, इतिहास, नागरिक शास्त्र और संस्कृत। हना शुरू में लड़खड़ाती, पर उसकी लगन हर दिन मज़बूत होती गई। किताबों से उसका रिश्ता अब सिर्फ धूल झाड़ने का नहीं रहा, अब वह उनमें अपना भविष्य देखने लगी थी।

छह महीने की कठिन साधना के बाद उसने परीक्षा दी – बारहवीं की, आर्ट्स संकाय से, संस्कृत विशिष्ट विषय के साथ।

परीक्षा के दिन जब वह परीक्षा केंद्र पहुँची, तो लक्षय ने मुस्कराकर कहा, "अपने परिश्रम का प्रदर्शन करने का दिन है आज। ईश्वर तुम्हारे साथ है।"

परिणाम आने मैं कुछ ही दिन बचे थे लक्षय रोज मां भवानी से परीक्षा में हना की सफलता की कामना करता और जब परिणाम आया, तो वह सफल रही अच्छे अंकों से। पहली बार उसने अपने नाम के आगे एक उपलब्धि महसूस की।

"अब अगला पड़ाव क्या होगा?" उसने एक शाम लक्षय से पूछा।

लक्षय ने बिना झिझक कहा, "स्नातक और वो भी तुम्हारी पसंद से।"

हना की आँखों में चमक थी, और उस चमक में आत्मविश्वास की लौ थी। उसने ठाना था कि शिक्षा ही अब उसे एक अच्छा जीवन दे सकती है,समाज में सम्मान पाने का अब यही एक रास्ता है।

दिल्ली विश्वविद्यालय के ओपन स्कूल की वेबसाइट पर दाखिले की अंतिम तारीख थी। लक्षय ने हाथ में मोबाइल पकड़ा रखा था और हना को फार्म भरना सिखा रहा था।

"बी.ए. ऑनर्स संस्कृत," हना ने हिचकिचाते हुए कहा, "यह विषय मेरे लिए भारी नहीं होगा?"

लक्षय ने मुस्कराकर सिर हिलाया। "जिसने जीवन की सबसे कठिन भाषा संघर्ष सीखी हो, उसके लिए संस्कृत क्या चीज़ है?"

फार्म भर गया। अगले सप्ताह किताबें आईं। लाइब्रेरी का काम ख़त्म होते ही लक्षय और हना साथ बैठकर अध्ययन करते। श्लोकों का उच्चारण, व्याकरण की जटिलताएँ, और दर्शनशास्त्र की गहराई सब कुछ उसके लिए एक नई दुनिया थी।

उसकी बेटी, तीन साल की आयेशा, वहीं कोने में बैठी अपनी ड्राइंग बनाती, और माँ को पढ़ते हुए देखती रहती।

"मम्मा क्या आप स्कूल जाती हो?" वह पूछती।

हना हँसती, "अब जाती हूँ, तुम्हारे लिए।"

पहला वर्ष सरल नहीं था। पढ़ाई के साथ-साथ उसे आरक्षण प्रमाणपत्र के लिए चक्कर काटने पड़े। कहीं दस्तावेज अधूरे थे, कहीं लोग उसकी स्थिति पर प्रश्न उठाते।

"तुम्हें अब पढ़ने की क्या जरूरत?" एक कर्मचारी ने तीखी नज़र से देखा।

"ताकि कल मेरी बेटी को किसी से ये सवाल न सुनना पड़े," हना ने सीधा जवाब दिया।

कभी फीस भरने के लिए उसने अतिरिक्त काम किया, तो कभी परीक्षा की तारीख़ों से पहले रातें जागकर गुज़ारीं। लेकिन उसने हार नहीं मानी। लक्षय हर मुश्किल में उसकी ताकत बना रहा कभी मार्गदर्शक, तो कभी एक दोस्त।

तनाव इतना होता कि वो कई रातें जगती पर हार न मानती। अक्सर वो लक्षय से पूछती कि क्या वो इसमें सफल हो पाएगी। लक्षय हर बार यही कहता "मां भवानी पर विश्वास रखो और कर्म करो जैसे उन्होंने कालिदास को तारा वैसे ही तुम्हे भी पार लगाएंगी।"

लक्षय को मा भवानी पर पूरा विश्वास है बचपन से ही वो उन्हीं को अपना मानता है। और भक्त वत्सला भवानी भी उसकी हर मनोकामना को बिना कहे ही पूरा कर देती है। और अब तो हना भी उनकी शरणार्थी बन चुकी है। अब तो हर काम सफल ही होगा और वो भी बाधा रहित।

घड़ी चलती रही और कलम भी उसी रफ्तार से चलता गया। तीनों वर्षों में उसके अंक लगातार बेहतर होते गए। प्रोफेसरों ने उसके उत्तरों में गहराई देखी और विश्वविद्यालय ने उसे अंतिम वर्ष साधना पूर्ण हुई और उसे टॉपर घोषित किया किया गया।

आज वही दिन था – दिल्ली विश्वविद्यालय के ओपन स्कूल का दीक्षांत समारोह। गर्मियों की हल्की धूप थी, और पूरे प्रांगण में उत्सव का सा माहौल। हर ओर सफेद टेंट, रंग-बिरंगी बत्तियाँ और चमकते चेहरों की भीड़ थी। विद्यार्थियों की वेशभूषा में गर्व झलक रहा था, और उनके परिजन कैमरे लिए हर मुस्कान को क़ैद करने में जुटे थे।

भीड़ के बीच एक कोना ऐसा भी था जहाँ गरिमा, सादगी और आत्मविश्वास साथ-साथ खड़े थे। वहीँ बैठी थी हना खान – एक हल्के गुलाबी रंग की साड़ी में, साधारण बिंदी, बिना किसी आभूषण के, पर चेहरे पर एक गहरी चमक लिए। उसकी गोद में बैठी थी आयेशा , जिसने अपनी माँ से मेल खाता हुआ छोटा दुपट्टा लिया हुआ था। आयेशा की आँखों में उत्सुकता थी, और

हना की आँखों में चमक – एक लंबा सफर तय करने के बाद आज का दिन उसकी मेहनत का इनाम था।

सामने मंच पर उद्घोषणा हुई– "बी.ए. ऑनर्स संस्कृत की विश्वविद्यालय टॉपर–हना खान!"

क्षण भर के लिए सन्नाटा हुआ, फिर पूरे प्रांगण में तालियों की गूंज उठी।

लक्षय दर्शकदीर्घा में बैठा था। उसका चेहरा उस गुरु जैसा लग रहा था, जो अपने शिष्य की सफलता देखकर खुद को धन्य समझे। उसकी आँखों में नमी थी, लेकिन होंठों पर एक सौम्य मुस्कान थी।

हना ने आयेशा को उठाया और उसका छोटा सा हाथ अपने हाथ में थामा। मंच की ओर बढ़ते उसके क़दम अब कांपते नहीं थे – वे दृढ़ और शांत थे। वह सीढ़ियाँ चढ़ी, और मंच के ठीक बीच में आकर रुकी। मंच के बाईं ओर विश्वविद्यालय के कुलपति, डीन और अन्य प्रोफेसर बैठे थे – वे सभी एक स्त्री को, जो ‘छात्रा’ भी थी और ‘माँ’ भी, सम्मान की दृष्टि से देख रहे थे।

हना ने डिग्री ली। भीड़ में शांति छा गई जब उसने माइक के सामने खड़े होकर बोलना शुरू किया– "छः साल पहले मैं एक किताब भी नहीं पढ़ पाती थी। अक्षर जैसे धुँधले थे, और ज़िंदगी एक बंद दरवाज़ा। आज मेरे हाथ में यह डिग्री है। पर यह सिर्फ़ कागज़ का टुकड़ा नहीं यह मेरी पहचान है।"

वह थोड़ी रुकी, अपनी साँसें संभालीं। सामने बैठे सैकड़ों छात्र, अभिभावक, शिक्षक – सब जैसे उसे ही सुन रहे थे।

"मैं एक माँ हूँ और एक कामकाजी महिला भी लेकिन आज सबसे पहले मैं एक विद्यार्थी हूँ। जिसने सीखा है कि अगर किसी के पास एक अच्छा मार्गदर्शक हो, एक दोस्त, एक सहार तो वो फिर से जीना सीख सकता है।"

उसकी आँखें दर्शकदीर्घा में लक्षय को खोज रही थीं – और वहाँ से उसे वही सशक्त मुस्कान मिली, जो पहले दिन मिली थी। उस मुस्कान ने उसके भीतर नया साहस भर दिया।

"मैंने संस्कृत पढ़ी और वहां एक श्लोक था – 'विद्या ददाति विनयं।' आज मैं समझ पाई हूँ कि शिक्षा हमें झुकना सिखाती है, समझना सिखाती है, और सबसे ज़्यादा खुद को अपनाना

सिखाती है। यह मंच मेरी बेटी के लिए है। ताकि जब वह बड़ी हो, तो उसे लगे कि उसकी माँ डिग्री नहीं, आत्मसम्मान लेकर लौटी थी। ताकि जब वो खड़ी हो, तो दुनिया उसके पीछे खड़ी हो।"

तालियों का शोर फिर गूंज उठा – पर उस दिन तालियाँ सिर्फ़ उपलब्धि के लिए नहीं थीं वो एक संघर्ष की जीत, एक स्त्री के पुनर्जन्म, और एक बेटी के भविष्य के लिए थीं। लक्षय खड़ा हुआ। उसके चेहरे पर गर्व, आंखों में संतोष और दिल में एक नयी शुरुआत की आहट थी।

हना ने आयेशा को गोद में उठाया, भीड़ की ओर देखा और मंच से उतरते हुए अपने जीवन की नई कहानी की ओर कदम बढ़ाया अब वह सिर्फ़ एक छात्रा नहीं थी, वह प्रेरणा बन चुकी थी। उन सभी महिलाओं के लिए जो किस्मत के माया जाल में फंसी है और निकल असंभव समझती है उनके लिए एक नई उम्मीद थी।

8: नव संकल्प

चारों तरफ एक सुकून भरी खामोशी थी, लेकिन हना के मन में अब भी तालियों की गूंज बाकी थी। शाम की हल्की धूप में, वह एक बार फिर उसी जगह लौट आई थी जहाँ से सब शुरू हुआ था।

वहीं की लकड़ी की पुरानी मेज, किताबों की वही गंध, और वही कोना जहाँ वह अक्सर लक्षय के साथ बैठा करती थी। आज वह अकेली नहीं थी माँ भवानी उसका हाथ पकड़े हुए थी, और उसके चेहरे पर एक गर्व भरी मुस्कान थी।

अचानक, दरवाज़े की घंटी बजी। अंदर एक युवक दाख़िल हुआ हल्की दाढ़ी, साधारण कुर्ता-पायजामा। उसने हना को देखा और मुस्कराया।

"अरे वाह तो आजकल न्यूज़ में आने वाली आप ही हैं?"

हना मुस्कराई, आँखें चौड़ी हो गईं—"इमरान भाई!"

"बधाई हो बहन, तुमने तो सच में कमाल कर दिया!" इमरान ने हाथ मिलाया और फिर आयशा के बाल सहलाते हुए कहा, "और ये हमारी अगली संस्कृत स्कॉलर है शायद?"

तभी बाहर से एक और आवाज़ आई–"शुभकामनाएँ हना बेटा!"

हना ने देखा – दरवाज़े पर आशोक तिवारी जी खड़े थे, और हना की शुरुआती संघर्ष यात्रा के गवाह थे।

"आज तो पूरे मोहल्ले को तुम पर नाज़ होगा। संस्कृत में टॉप करके दिखाया तुमने। हमें तो लगता है कि इस लाइब्रेरी की मिट्टी में कुछ खास बात है–जो भी यहां आया, बन गया।"

हना विनम्रता से मुस्कराई–"इस लाइब्रेरी ने ही तो मुझे मेरी पहचान दी है और कुछ लोग जो हमेशा मुझे पढ़ते रहने के लिए प्रेरित करते रहे।"

लक्षय दरवाज़े से अंदर आता है और कहता है–"कुछ लोग नहीं, बहुत खास लोग।"

वो हना की तरफ देखकर मुस्कराता है।

"अब तुम्हारी कहानी शुरू नहीं हो रही अब तो ये कहानी औरों को शुरू करने के लिए प्रेरित करेगी।"

हना सिर झुकाकर मुस्कराई। उसकी आँखों में अब कोई झिझक नहीं थी सिर्फ़ आत्मविश्वास था।

अशोक तिवारी ने तो अपना सारा काम हना के भरोसे छोड़ दिया था। उससे लायक और कोई हो भी कौन सकता था। एक सुबह जब आदियोगी सूर्य का आगमन हो रहा था। छोटे से कमरे के एक कोने में लक्षय माँ भवानी के मनोहर चित्र के सामने बैठा था, आँखें बंद, मन पूरी तरह शांत। उसके होंठों से धीमे स्वर में भवानी अष्टकम् के मंत्र गूंज रहे थे–

"न तातो न माता न बन्धुर्न दाता,

न पुत्रो न पुत्री न भ्रातर्न भर्ता।

न जाया न विद्याः न वृत्तिर्ममैव,

गतिस्त्वं गतिस्त्वं त्वमेका भवानी॥"

उसके स्वर में कोई दिखावा नहीं था, बस एक गहराई थी, आस्था की और आत्मिक जुड़ाव की।

मैं ज़िंदा हूँ

"भवाब्धावपारे महादुःखभीरु

पपात प्रकामी प्रलोभी प्रमत्तः।

कुसंसारपाशप्रबद्धः सदाहं

गतिस्त्वं गतिस्त्वं त्वमेका भवानि॥"

कमरे का दरवाज़ा खुलता है। हना धीरे-धीरे अंदर आती है। वह कुछ नहीं कहती, बस चुपचाप लक्षय के पास जाकर बैठ जाती है। उसने भी हाथ जोड़ लिए। उसकी आँखों में एक अजीब-सी श्रद्धा थी माँ के लिए।अंततः वही तो है जिन्होंने उसका साथ दिया है। उस घड़ी मैं जब उसके अपने मां बाप ने भी उसे ठुकरा दिया।

" न जानामि दानं न च ध्यानयोगं

न जानामि तन्त्रं न च स्तोत्रमन्त्रम्।

न जानामि पूजां न च न्यासयोगं

गतिस्त्वं गतिस्त्वं त्वमेका भवानि॥

न जानामि पुण्यं न जानामि तीर्थं

न जानामि मुक्तिं लयं वा कदाचित्।

न जानामि भक्तिं व्रतं वापि मातः

गतिस्त्वं गतिस्त्वं त्वमेका भवानि॥

कुकर्मी कुसङ्गी कुबुद्धिः कुदासः

कुलाचारहीनः कदाचारलीनः।

कुदृष्टिः कुवाक्यप्रबन्धः सदाहं

गतिस्त्वं गतिस्त्वं त्वमेका भवानि॥

प्रजेशं रमेशं महेशं सुरेशं

दिनेशं निशीथेश्वरं वा कदाचित्।

न जानामि चान्यत् सदाहं शरण्ये

गतिस्त्वं गतिस्त्वं त्वमेका भवानि॥

विवादे विषादे प्रमादे प्रवासे

जले चानले पर्वते शत्रुमध्ये।

अरण्ये शरण्ये सदा मां प्रपाहि

गतिस्त्वं गतिस्त्वं त्वमेका भवानि॥

अनाथो दरिद्रो जरारोगयुक्तो

महाक्षीणदीनः सदा जाड्यवक्त्रः।

विपत्तौ प्रविष्टः प्रनष्टः सदाहं

गतिस्त्वं गतिस्त्वं त्वमेका भवानि॥"

गतिस्त्वं गतिस्त्वं त्वमेका भवानि। भवानी अष्टकम् पूरा होता है। लक्षय ने आँखें खोलीं और धीमे से हाथ जोड़कर प्रणाम किया।

हना ने उसी मौन में धीरे से कहा—"मुझे कुछ कहना है"

लक्षय ने उसकी ओर देखा। उसकी आँखें गंभीर थीं, लेकिन भीतर से चमक रही थीं।

"मैं भी पढ़ना चाहती हूँ अबकी बार बस किताबें नहीं, मैं यूपीएससी की तैयारी करना चाहती हूँ," हना की आवाज़ धीमी लेकिन दृढ़ थी।

लक्षय कुछ देर उसे देखता रहा। एक लंबा मौन पसरा रहा। फिर मुस्कराते हुए बोला– "तुमसे बेहतर उम्मीदवार शायद कोई नहीं हो सकता, हना। तुमने ज़िंदगी की सबसे कठिन परीक्षा पहले ही पास कर ली है। ये तो अब बस शब्द और सवालों की लड़ाई है। हम लड़ेंगे, साथ में।"

हना की आँखें भर आईं। उसने धीरे से सिर झुका दिया।

लक्षय ने एक दिया फिर से जलाया, और बोला– "ये दिया तुम्हारे नए सफ़र के नाम। अगली बार जब हम यहां बैठें, तो तुम्हारा लक्ष्य, केवल नाम नहीं एक पहचान बने।"

बाहर कहीं जय घोष हुआ है। सूर्य की किरणें अब उसकी आँखों में चमक बनकर उतर रही थीं।

अगले दिन सुबह, वह लक्षय के साथ उड़ान कोचिंग संस्थान पहुँची। यह संस्था इमरान के पुराने मित्र के ज़रिए जुड़ी थी, जिन्होंने हना को पूरी सहायता देने का वादा किया था। संस्थान के दरवाज़े पर हना कुछ पलों के लिए रुकी, भीतर जाने से पहले उसने आसमान की ओर देखा शायद ऊपरवाले से कोई चुपचाप संवाद कर रही थी।

हना कक्षा में प्रवेश करती है, उसके हाथ में नोटबुक और आँखों में एक नई चमक थी।

कमरे में विद्यार्थी बैठे हुए थे , शिक्षक बोर्ड पर लिख रहे थे– "भारतीय संविधान की आत्मा – प्रस्तावना।"

हना एक कोने में बैठ गई, उसकी दृष्टि केंद्रित हो जाती है , उसकी उँगलियाँ तेज़ी से कलम चलाती हैं।

वह कक्षाओं में पूरे मन से पढ़ाई करती, घंटों तक नोट्स बनाती, वीडियो लेक्चर्स सुनती और हर रविवार लक्षय से चर्चा करती कि कौन से विषय उसे कठिन लग रहे हैं। राजनीति विज्ञान, भारतीय संविधान, भूगोल और अर्थशास्त्र अब यह सब उसकी दिनचर्या का हिस्सा बन चुके थे।

लक्षय उस समय को समझता था। वह अक्सर आयेशा को संभाल लेता, उसके साथ चित्र बनाता, कहानियाँ सुनाता और हर उस पल का ख्याल रखता जब हना व्यस्त होती।

हना की ज़िंदगी अब एक सुचारु रेखा में बहने लगी थी। सुबह जल्दी उठना, नाश्ते के साथ पढ़ाई करना, फिर कोचिंग जाना, फिर देर शाम तक पढ़ना और रात में आयेशा को सुलाकर खुद

पुनरावृत्ति करना यह उसकी दुनिया थी। पर अब इस दुनिया में थकावट नहीं, केवल लक्ष्य था। संघ लोक सेवा आयोग की प्रवेश परीक्षा का लक्ष्य।

एक दिन देर रात, हना ने अपनी पढ़ाई रोककर लक्षय की ओर देखा। वह चुपचाप आयेशा की रजाई ठीक कर रहा था।

"लक्षय" वह धीमे स्वर में बोली।

"हाँ?" उसने मुड़कर देखा।

"क्या तुमने कभी सोचा था कि हम ऐसे एक-दूसरे के जीवन में इस तरह शामिल हो जाएँगे?"

लक्षय कुछ देर चुप रहा, फिर मुस्कराया– "नहीं सोचा था। पर शायद कुछ रिश्ते सोचे नहीं जाते। बस जीए जाते हैं।"

उस रात हना ने अपनी किताबें बंद कर दीं। एक पल को खुद को देखा अब वह सिर्फ़ एक पढ़ने वाली लड़की नहीं थी। वह एक माँ भी थी, एक साधिका भी, एक आशावान नागरिक भी, और शायद– एक प्रेम में डूबी स्त्री भी।

9: प्रश्नों के पार

साल का वही समय था जून की गर्मियाँ, पसीने से भीगा कमरा और टेबल पर फैली किताबें। हना पिछले दो सालों से अपनी दिनचर्या को एक ही नियम में ढाल चुकी थी सुबह लक्षय से पढ़ाई की रणनीति, दोपहर में उड़ान कोचिंग, और रात को नन्ही को सुलाने के बाद लंबी स्वअध्ययन की यात्रा।

आज वह दिन था—यूपीएससी प्रारंभिक परीक्षा का परिणाम।

मोबाइल स्क्रीन कांप रही थी, और उसके भीतर एक कंपकंपी सी दौड़ रही थी। उसने रोल नंबर डाला,और जैसे ही स्क्रीन खुली—"मुख्य परीक्षा के लिए चयनित।"

वह कुछ क्षणों तक नि:शब्द रही, फिर धीरे से लक्षय की ओर देखा—जो पहले से ही मुस्कुरा रहा था। "तुमने पहला द्वार पार कर लिया है," उसने कहा।

अगले तीन महीने उसके जीवन के सबसे कठिन थे। अब खेल शब्दों का था—उत्तर लेखन, विश्लेषण, संरचना, और दृष्टिकोण।

हना दिन में 6 उत्तर लिखती, उन्हें लक्षय से जँचवाती, फिर वही प्रश्न नए तरीके से सोचती। हर दिन जैसे युद्ध का अभ्यास होता।

अंततः मुख्य परीक्षा भी बीत गई।

एक दिन, कोचिंग से लौटते समय, जब आयेशा ने उससे पूछा— "माँ, आप इतने कागज़ क्यों भरती हो?"

हना मुस्कुरा कर बोली—"ताकि एक दिन हमारे जीवन में भी उजाला हो।"

फरवरी की ठंडी सुबह थी। हना अलमारी में कपड़े रखते हुए टीवी देख रही थी। अचानक एक ब्रेकिंग न्यूज़ की आवाज़ आई— "यूपीएससी मेन्स का परिणाम"

उसका दिल फिर से धड़कने लगा। उसने वेबसाइट खोली, रोल नंबर भरा, आँखें मूँदीं फिर जैसे कोई संजीवनी मिल गई हो।

"व्यक्तित्व परीक्षण के लिए चयनित"

उसने लक्षय को फ़ोन लगाया। आवाज़ आई—"बोलो, हना।"

"मैने मेंस पास कर लिया" उसके लफ़्ज़ थरथरा रहे थे।

लक्षय बोला, " शाबाश अब तुम सफलता के सिरे पर हो ध्यान रहे कोई गलती ना हो।"

वह दिन आ गया।

स्थान: यूपीएससी भवन, धौलपुर हाउस, नई दिल्ली

दिन: मार्च की ठंडी सुबह

परिधान: साधारण कॉटन की साड़ी, हल्का मेकअप, आत्मविश्वासी मुस्कान

हना अपनी फ़ाइल थामे इंटरव्यू हॉल के बाहर बैठी थी। अंदर से आवाज़ आई—"उम्मीदवार रोल नंबर 381742—मिस हाना खान, कृपया अंदर आएं।"

उसने नज़रें उठाईं, माँ भवानी का स्मरण किया, और दरवाज़ा धीरे से खोला।

सामने पाँच सदस्यीय पैनल बैठा था—चार पुरुष, एक महिला अध्यक्ष।

कक्ष में प्रवेश के साथ ही (गुड मॉर्निंग मैम,गुड मॉर्निंग सर)

अध्यक्ष (मुस्कुराकर): "हना खान, स्वागत है। बैठिए।"

हना:"धन्यवाद, मैम।"

अध्यक्ष:"आप बोर्ड को अपना परिचय दीजिए ताकि हम बातचीत शुरू कर सके"

हना:"मेरा नाम हाना खान है और मैं दिल्ली के जामिया नगर की निवासी हूं और मैने अपनी शिक्षा बीए ऑनर्स संस्कृत से की है और मूछें संगीत सुनना और किताबें पढ़ाना अच्छा लगता है। "

अध्यक्ष: "आपने बीए संस्कृत (ऑनर्स) से किया है। एक मुस्लिम युवती होकर आपने संस्कृत क्यों चुना?"

हना (हल्की मुस्कान के साथ):"महोदया, भाषाएँ सीमाएँ नहीं होतीं वो सेतु होती हैं। मैंने संस्कृत में जीवन का दर्शन पाया। एक माँ होने के नाते, जब मैंने 'अहिंसा परमो धर्मः' पढ़ा, तो मुझे लगा ये सिर्फ़ ग्रंथों की बात नहीं ये एक बच्चे को पालने की सीख भी है।"

(पैनल हल्के से प्रभावित हुआ)

सदस्य 2: "आप तलाक़शुदा हैं, सिंगल मदर हैं, और फिर भी यूपीएससी तक पहुँचीं। ये प्रेरणा कहां से मिली?"

हना: "सर, जीवन जब टूटता है तो या तो बिखर जाता है, या निखर जाता है। मेरी बेटी आयशा मेरी प्रेरणा बनी, और मेरे मार्गदर्शक लक्षय ने मुझे मेरे भीतर की रोशनी दिखा दी।"

सदस्य 3: "क्या आपको लगता है कि भारतीय समाज महिला अधिकारियों को समान रूप से स्वीकार करता है?"

हना (संयमित भाव से):"सर, स्वीकार्यता धीरे-धीरे आती है पर जो कदम उठते हैं, वही राह बनाते हैं। मैं नारीत्व को कमजोरी नहीं, संवेदनशील नेतृत्व मानती हूँ।"

सदस्य 4 (हँसते हुए): "यदि आपको दिल्ली में पोस्टिंग मिले, तो सबसे पहले क्या बदलाव लाएँगी?"

हना: "शहर की सड़कों पर सुरक्षा नहीं, भरोसा उतरना चाहिए। मैं महिला सुरक्षा को केवल 'पेट्रोलिंग' तक नहीं, 'प्रेज़ेंस' तक ले जाना चाहती हूँ—जहाँ लड़कियाँ पुलिस को देखकर डरें नहीं, मुस्कराएँ।"

साक्षात्कार करीब एक घंटे तक चल।

मैं ज़िंदा हूँ

अध्यक्ष (सिर हिलाते हुए): "आप जा सकती हैं, मिस हना। बहुत अच्छा प्रदर्शन किया आपने।"

हना (मुस्कुराकर):"धन्यवाद सर, धन्यवाद मैम।"

बाहर आकर वह लक्षय को देखती है—जो दूर से उसे एक सधा हुआ 'थम्स अप' देता है।

उसके कानों में वही भवानी अष्टकम् गूंजता है जिससे इस मंगल कार्य का उद्भव हुआ था अब वहीं मंगल कारणी भवानी ही अब इस कार्य को पूरा करेंगी।

और अब बस एक अंतिम परीक्षा बची थी परिणाम की।

10: सिद्धि

वो सुबह कुछ अलग थी। सूरज की पहली किरण जैसे सिर्फ़ उसके आँगन में ही उतरी थी। कमरे के कोने में पड़ा फ़ोन बज उठा। हना ने धीरे से उसे उठाया स्क्रीन पर चमक रहा था:

“यूपीएससी परिणाम घोषित किए जा चुके है।”

उसका दिल धड़कने लगा। तीन साल की कठिन तपस्या, हर दिन की मेहनत, और हज़ारों नींदहीन रातों का परिणाम आज उसके सामने था।

लक्षय उसके बगल में था, उसकी आँखों में वही आश्वस्ति थी जो उस दिन थी जब उसने पहली बार उसे पढ़ना सिखाया था। हना ने स्क्रीन खोली, रोल नंबर डाला और अगले ही पल उसकी आँखें भर आईं।

"अखिल भारतीय रैंक: 200"

वो चुप रही। बस उस स्क्रीन को देखती रही जैसे यक़ीन न हो रहा हो। फिर धीमे से बोली, “ मैं आइ.पी.एस बन गई हूँ”

लक्षय ने उसकी ओर देखा, जैसे उसके जीवन की सबसे बड़ी जीत आज उसने देखी हो। "मैंने कहा था न तुम सिर्फ़ पढ़ नहीं रही थी, तुम अपनी तक़दीर बदल रही थी।"

आँखों से आँसू बह निकले। वो अपनी छोटी-सी बेटी आयेशा को गोद में उठा लायी, जो पास ही खेल रही थी। "देख आयेशा तुम्हारी माँ अब तुम्हें एक नई दुनिया देगी।"

दिन भर बधाइयों का तांता लगा रहा। इमरान, अशोक तिवारी, और उड़ान कोचिंग के सभी शिक्षक—हर कोई इस सफ़लता पर गर्व महसूस कर रहा था। पर सबसे खास था,लक्षय का मौन साथ।

रात को जब सब थम गया, तो हना फिर से वही जगह पहुँची जहाँ से उसकी यात्रा शुरू हुई थी लाइब्रेरी का वो कोना, जहाँ एक दिन उसने पहली किताब खोली थी।

उसने माँ भवानी की प्रतिमा के सामने दीप जलाया और बोली— "हे माँ तुझसे कुछ माँगा नहीं था, पर तूने सब दे दिया। तेरा आभार कैसे व्यक्त करूं।"

लक्षय उसके पीछे आकर खड़ा हुआ। "अब भी एक रास्ता बाकी है। जिसे तुम्हे पूरी शिद्दत से उस रह पर चलना है।"

हना ने मुस्करा कर उसकी ओर देखा "सेवा का रास्ता"

उसने उसे रात मां भवानी को साक्षी मान यह प्रण किया की अब वह किसी और के साथ वह अन्याय नहीं होने देगी जो उसके साथ हुआ।

फिर दोनों एक साथ बाहर निकले। अब वो सिर्फ़ एक साधारण महिला नहीं थी वो इंसाफ़ की आवाज़ थी, एक मिसाल थी, और सबसे बड़ी बात अपनी बेटी के लिए प्रेरणा थी।

सुखद दिनों का आरम्भ हुआ आइ पी एस ट्रेनिंग शुरू हो गई।

दिल्ली के एक व्यस्त थाने में हलचल हमेशा की तरह जारी थी। बाहर सुरक्षा कर्मियों की कतार थी, भीतर अधिकारी और कर्मी अपनी दिनचर्या में व्यस्त थे। लेकिन आज का दिन खास था। आज वहाँ नई ए.एस.पी अपना पदभार संभालने आ रही थीं।

वो तेज़ कदमों से अंदर दाख़िल हुईं – खाकी वर्दी में आत्मविश्वास से भरी हुई, आँखों में दृढ़ निश्चय और चेहरे पर सौम्यता।

नामपट्ट पर लिखा था– 'आई.पी.एस हना खान'।

थाने का हर कर्मचारी अपनी जगह खड़ा हो गया। सैल्यूट की आवाजें गूंजीं और उसके साथ ही एक नया अध्याय शुरू हुआ।

थोड़ी देर बाद, एक सिपाही आया और धीरे से कहा– “मैम, एक केस से जुड़ी फाइल लेकर एक साहब आए हैं नाम है सैफ़ शाह।”

हना का चेहरा एक पल के लिए ठहर गया। सैफ़ वही आदमी जिसने उसे एक वक़्त में छोड़ दिया था, जब वो सबसे कमजोर थी। लेकिन अब हालात बदल चुके थे।

“उन्हें अंदर भेजिए,” हना ने शांत स्वर में कहा।

दरवाज़ा खुला। सैफ़ भीतर आया। पहले तो उसकी नज़रें उठी ही नहीं– शायद अपराधबोध भारी था। फिर उसने हिम्मत करके ऊपर देखा। सामने खड़ी वही औरत थी जिसे उसने कभी व्यभिचारी समझा था पर आज वो उसकी बराबरी में नहीं, उससे कहीं ऊपर खड़ी थी।

“सलाम हना जी,” सैफ़ ने कहा, आवाज़ में थरथराहट थी।

हना कुछ पल उसे देखती रही, फिर मुस्कराकर बोली– “आप किस सिलसिले में आए हैं?”

“जी वो एक केस की रिपोर्ट के लिए”वह झिझकता रहा।

हना ने उसकी तरफ फाइल बढ़ाते हुए कहा– “अब सवालों के जवाब मैं पूछती हूँ, सैफ़ साहब। आपके पास जवाब देने की आदत तो होगी।”

वह कुछ नहीं कह पाया। उसकी आँखें झुक गईं।

हना ने धीमे लेकिन आत्मविश्वासी स्वर में कहा– “वक़्त ने सब बदल दिया है। उस दिन तुमने मुझे छोड़ा था आज मैं तुम्हें जाने दे रही हूँ—बिना किसी कटुता के। काश तुम जान पाते कि औरत जब टूटती है, तो बिखरती नहीं तराशती है खुद को।”

सैफ़ ने उठकर सलाम किया, और बिना कुछ कहे कमरे से बाहर निकल गया। हना ने एक गहरी सांस ली और अपनी कुर्सी पर बैठ गई। आज वो एक अफ़सर थी वो अपनी आत्मा को जीत चुकी थी। इस पद पर आने के बाद कई पीड़ित महिलाओं की सहायता की और उससे उस सुख की अनुभूति हुई को किसी भी भोग द्वारा मिले सुख से नहीं हो सकती थी।

11: जीवन

सायंकाल का समय था। मंदिर प्रांगण के पीछे एक शांत कोना था, जहाँ अक्सर लक्षय ध्यान करता था। वहीं संगमरमर की एक नीची पट्टी पर बैठा वह कुछ पंक्तियाँ लिख रहा था शायद किसी उपनिषद की टीका या कोई निजी कविता। हना चुपचाप वहाँ पहुँची। हल्के गुलाबी रंग की सूती साड़ी में उसकी छवि एक सरल, परिपक्व सौंदर्य की प्रतीक थी। हाथ में एक छोटा सा दीपक था जो उसने पास के तुलसी चौरे पर रख दिया।

लक्ष्य ने उसकी आहट सुनी। बिना उसकी ओर देखे बोला, “आज मन बहुत शांति में है क्या तुम कुछ कहना चाहती हो?”

हना कुछ क्षण चुप रही। फिर धीरे से बोली—“हाँ पर जो कहने जा रही हूँ, वह शायद मेरे स्वभाव से बिलकुल विपरीत है।”

लक्ष्य उसकी ओर मुड़ा। उसके चेहरे पर सच्चाई और कोमलता दोनों थे।

हना ने आँखों में आँखें डालते हुए कहा– "लक्षय तुमने मुझे टूटने से बचाया, और फिर जीना सिखाया। मुझे नहीं पता कि मैं पत्नी जैसी बन सकूंगी या नहीं, पर मैं जानती हूँ कि मैं तुम्हारे साथ जीवन बाँटना चाहती हूँ।"

एक लंबा मौन फैला हवा में तुलसी की हल्की गंध घुली हुई थी।

लक्षय की आँखों में नमी थी। उसने अपना सिर झुकाया और कहा–"मैंने कभी सोचा नहीं था कि तुम खुद ये कहोगी।पर शायद तुम्हारे कहने से ही यह प्रस्ताव एक वरदान जैसा लगता है।"

हना मुस्कराई–"तो क्या ये हाँ है?"

लक्ष्य ने सिर हिलाया, "यह हाँ नही यह हमेशा है।"

दोनों ने एक-दूसरे के हाथ को बिना स्पर्श किए, अपनी उपस्थिति से थामा शब्दों से परे एक प्रस्ताव, जो आत्माओं के बीच हुआ था।

प्रातःकाल की बेला थी। सूर्य की पहली किरणें मंदिर के शिखर पर पड़ रही थीं। मंदिर को आम्र-पल्लव और गेंदे के फूलों से सजाया गया था। घंटे और शंख की मधुर ध्वनि वातावरण को पवित्र कर रही थी। मंदिर के गर्भगृह के सामने एक छोटा-सा मंडप बना था।

बीचों-बीच माँ भवानी की भव्य प्रतिमा चाँदी से सुशोभित, सिन्दूर और चंदन से श्रृंगारित।

लक्ष्य और हना मंडप में बैठे थे, दोनों के नेत्रों में संतोष और गहराई थी। हना ने लाल कांचीपुरम की रेशमी साड़ी पहनी थी, माथे पर बिंदी, आँखों में नम्रता और चेहरे पर अद्भुत तेज। लक्षय ने सादा लेकिन गरिमामयी पीतांबर पहना था। उसका मस्तक आज माँ के चरणों में झुका था।पुजारी मंत्रोच्चारण कर रहे थे। फेरे शुरू हुए। अग्नि के चारों ओर कदमों की थिरकन नहीं, आत्माओं का मिलन था।

लक्षय ने हना से वचन लिया – "मैं तुम्हारा जीवनसाथी ही नहीं, तुम्हारा सहायक, सखा और पथप्रदर्शक बनूंगा।"

हना ने मुस्कराकर जवाब दिया – "और मैं तुम्हारी साधना में संगिनी बनूंगी।"

आयेशा ने तालियाँ बजाईं और पुजारी मुस्कराया। फेरे पूरे हुए। अब सिंदूर का क्षण आया। लक्षय ने श्रद्धा से उसकी मांग में सिंदूर भरा। एक नई शुरुआत की रेखा, जो पिछली हर पीड़ा को आदरपूर्वक विदा दे रही थी।

बाहर आते ही लोगों ने बधाई दी। इमरान और अशोक तिवारी भी उपस्थित थे।

हर किसी की आँखों में गर्व था यह विवाह सिर्फ़ दो लोगों का नहीं था, बल्कि उम्मीद, संघर्ष और पुनःस्थापन का उत्सव था। हालांकि कई लोगों को इससे एतराज था एक मुस्लिम लड़की की शादी सनातनी लड़के से। किन्तु जिसने जीवन में महाभारत लड़ी हो वो लोगों के वचनों से कैसे घबरा सकता है। अब तो ये बाते हवा के झोंके के तरह हो गई थे पल मे आते और पल मैं जाते थे।

रात्रि का सन्नाटा था। कमरे में दीपक की लौ मंद-मंद जल रही थी। दूर आसमान में पूर्णिमा का चाँद अपनी शीतल चाँदनी बिखेर रहा था।

लक्षय, दरी पर बैठा खिड़की से बाहर चाँद को एकटक देख रहा था। उसके नेत्रों में न शंका थी, न उत्तेजना बस एक गहरा, स्थिर शांति का भाव।

पीछे से हना चुपचाप आती है, सफेद चुनरी ओढ़े, काजल थोड़ा-सा फैल गया है, पर चेहरे पर एक अलग चमक है एक संतोष, एक स्वीकार।

वह धीरे से लक्षय के पास बैठ जाती है, और उसके कंधे से टिक कर धीमे स्वर में कहती है—"अब लग रहा है जैसे मैं फिर से ज़िंदा हो गई हूँ।"

लक्षय उसकी ओर नहीं देखता, बस धीमे से मुस्कराता है। फिर अपनी हथेली हना की हथेली पर रखकर कहता है—"तुम ज़िंदा नहीं हुई हो, हना तुमने मुझे भी जिंदा किया है।"

थोड़ी देर दोनों चुप रहते हैं। केवल चाँदनी की शीतल किरणें उनके चेहरों को छू रही हैं।

हना पूछती है—"क्या यही शांति होती है, साधक की?"

लक्षय उत्तर देता है—"शांति वही होती है, जहाँ आत्मा स्वीकार कर ले कि वह प्रेम है।"

धीरे-धीरे दीपक की लौ डगमगाने लगती है। हना अपनी चुनरी ओढ़ते हुए लक्ष्य के कंधे पर सिर रख देती है। दो आत्माएं अब एक गहरे सन्नाटे और चाँदनी के आलिंगन में समाहित हो जाती हैं।

www.ingramcontent.com/pod-product-compliance
Lightning Source LLC
LaVergne TN
LVHW060304051026
849517LV00003B/953
* 9 7 9 8 2 3 1 2 6 0 1 6 4 *